BÄREN ZAHN

BAND 6
SILBERVOGEL

SZENARIO: YANN
ZEICHNUNGEN: HENRIET
FARBEN: USAGI

Philippe Jarbinet danke ich für seine „amerikanische Doku".

Danke auch an Alain Maes für seine greifbare Dokumentation.

Ich danke Jonathan Rommiée für seine großartige Arbeit an der Akte am Ende des Albums.

Mein Dank geht an Michel Desgagnés, dem Gott unter den Göttern, der eine unerschütterliche Unterstützung, ein herausragender Dokumentarist und täglich meine rechte Hand war. Danke, dass du dieses Abenteuer alle 6 Alben lang mit mir geteilt hast; danke, dass du da bist, wenn ich dich brauche.

Usagi, der besten Koloristin, danke ich dafür, dass sie alles veredelt, was sie anfasst.

Und vor allem geht mein Dank an Yann, der mir vertraute und diese großartige Geschichte mit mir geteilt hat.
Alain Henriet

Ich danke meiner Mutter Liliane dafür, dass sie da ist, für ihr Engagement und ihre beständige Unterstützung.

Für Alain, der immer an mich geglaubt hat.

Für Abel, meinen größten Fan.
Usagi

Die Erzählung ist Fiktion, stützt sich aber auf authentische Quellen.

All Verlag · Wipperfürth
1. Auflage · 02/2019
Bärenzahn 6 - Silbervogel
2019 © All Verlag für die deutschsprachige Ausgabe
Herausgeber · Ansgar Lüttgenau

Titel der französischen Originalausgabe · Dent d'ours · Tome 6 »Silbervogel«
© DUPUIS 2018 Yann, Henriet
www.dupuis.com
All rights reserved.

Übersetzung aus dem Französischen · Saskia Funke
Lektorat · Jochen Bergmann
Graphische Gestaltung · LetterFactory, Michael Beck

Gedruckt in der EU.
Alle deutschen Rechte vorbehalten. Nachdruck auch auszugsweise verboten.
Kein Teil dieses Werkes darf ohne schriftliche Genehmigung des Verlages in irgendeiner Form reproduziert oder unter Verwendung elektronischer Systeme verarbeitet, vervielfältigt oder verbreitet werden.
ISBN 978-3-946522-44-7

Dieser Band erscheint auch in einer auf 111 Exemplare limitierten und mit einem Schutzumschlag und einem signierten Exlibris versehenen Vorzugsausgabe.
ISBN 978-3-946522-45-4

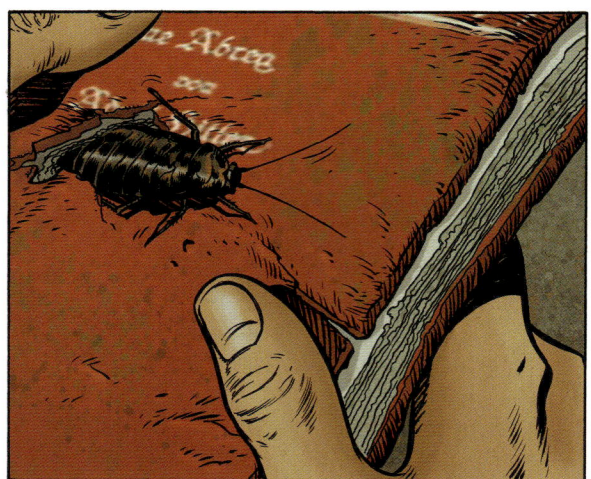
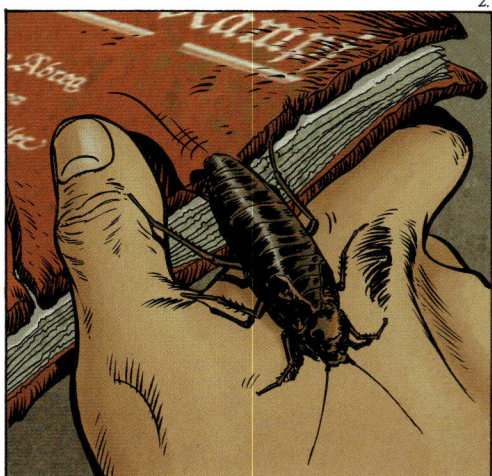

* HEUSCHRECKE, SPITZNAME DER PIPER L4
** BORIS THEODORE PASH (* 20. JUNI 1900 IN SAN FRANCISCO; † 11. MÄRZ 1995 IN GREENBRAE, KALIFORNIEN) WAR GEGEN KRIEGSENDE ALS MILITÄRISCHER LEITER DER ALSOS-MISSION FÜR DIE AUFDECKUNG DES DEUTSCHEN ATOMPROGRAMMS VERANTWORTLICH.
*** ALSOS WAR DER CODENAME EINER US-GEHEIMDIENST-MISSION. ZIEL WAR ES, HERAUSZUFINDEN, OB ES EIN DEUTSCHES PROJEKT ZUM BAU EINER ATOMBOMBE GAB.

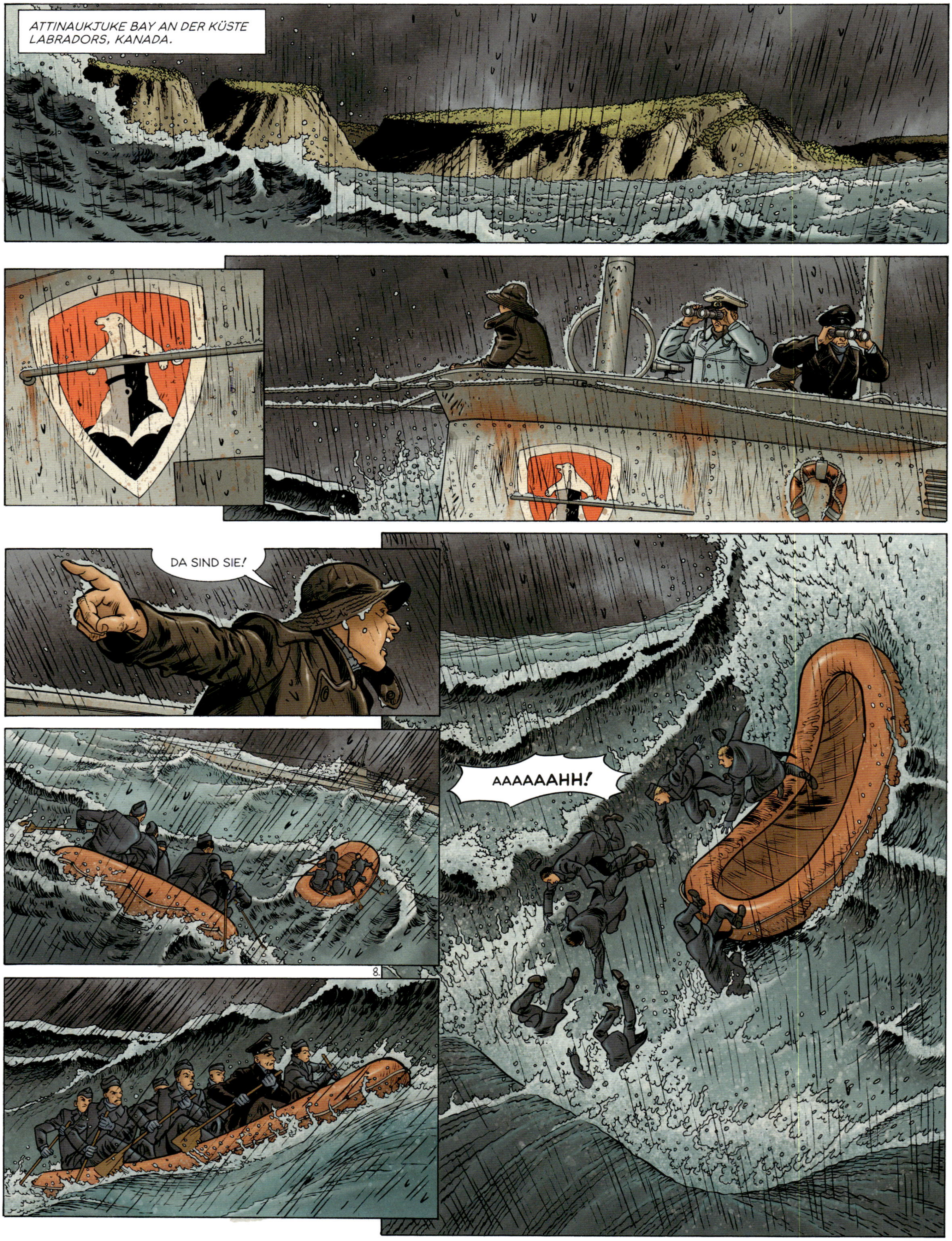
ATTINAUKJUKE BAY AN DER KÜSTE LABRADORS, KANADA.
DA SIND SIE!
AAAAAAHH!

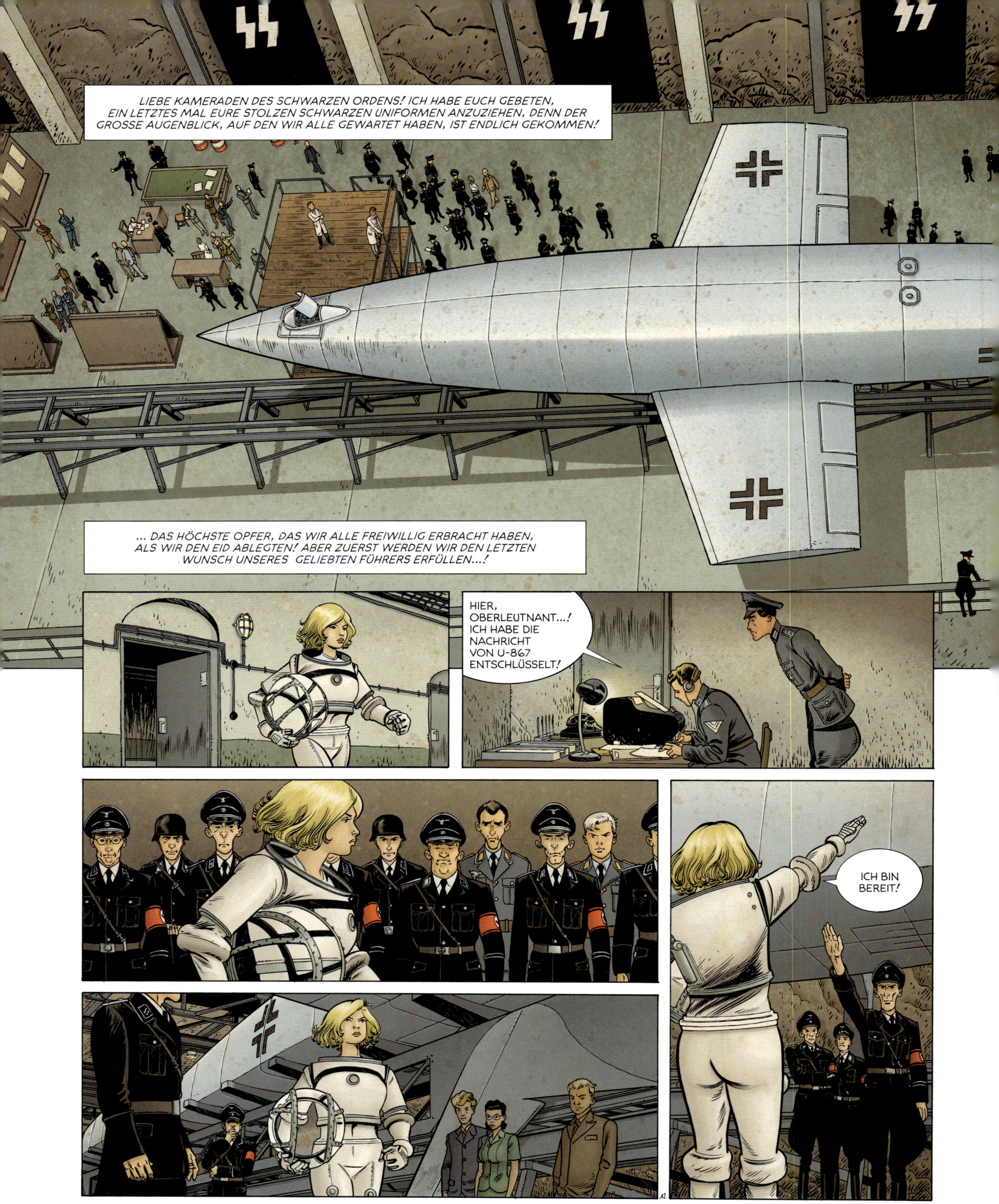

LIEBE KAMERADEN DES SCHWARZEN ORDENS! ICH HABE EUCH GEBETEN, EIN LETZTES MAL EURE STOLZEN SCHWARZEN UNIFORMEN ANZUZIEHEN, DENN DER GROSSE AUGENBLICK, AUF DEN WIR ALLE GEWARTET HABEN, IST ENDLICH GEKOMMEN!

... DAS HÖCHSTE OPFER, DAS WIR ALLE FREIWILLIG ERBRACHT HABEN, ALS WIR DEN EID ABLEGTEN! ABER ZUERST WERDEN WIR DEN LETZTEN WUNSCH UNSERES GELIEBTEN FÜHRERS ERFÜLLEN...!

HIER, OBERLEUTNANT...! ICH HABE DIE NACHRICHT VON U-867 ENTSCHLÜSSELT!

ICH BIN BEREIT!

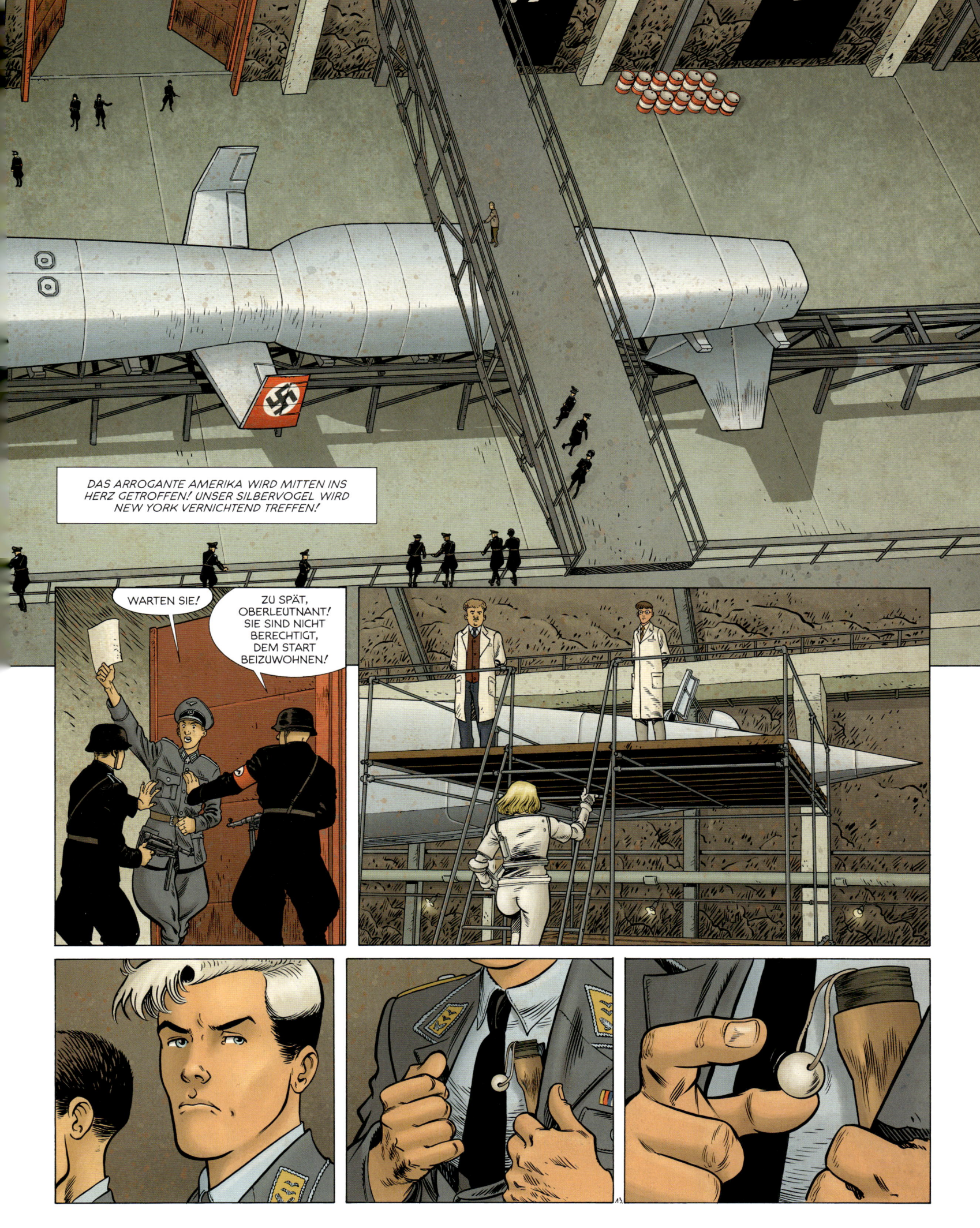

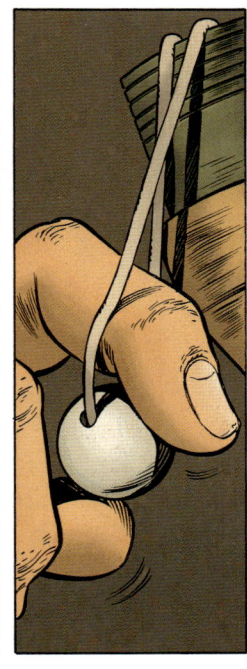

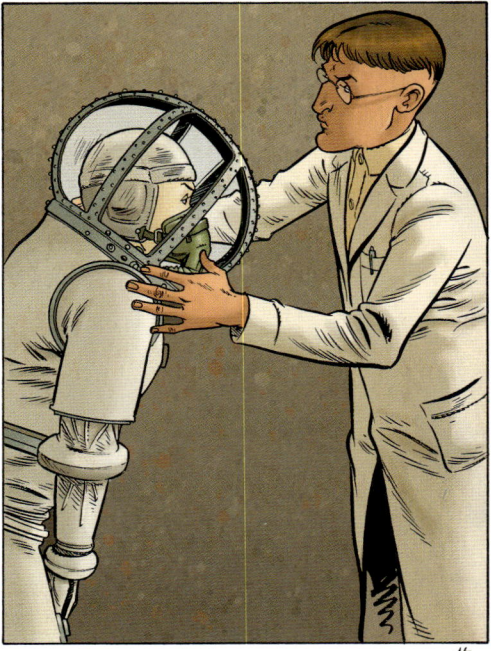

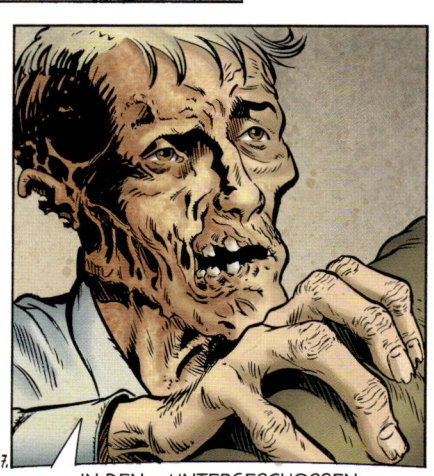

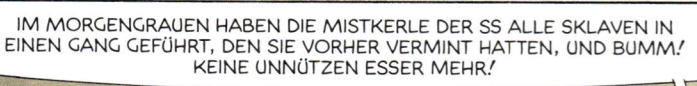

* DIE FOCKE-WULF FW 61 (SPÄTER ALS FOCKE-ACHGELIS FA 61 BEZEICHNET) WAR DER ERSTE GEBRAUCHSFÄHIGE HUBSCHRAUBER DER WELT.

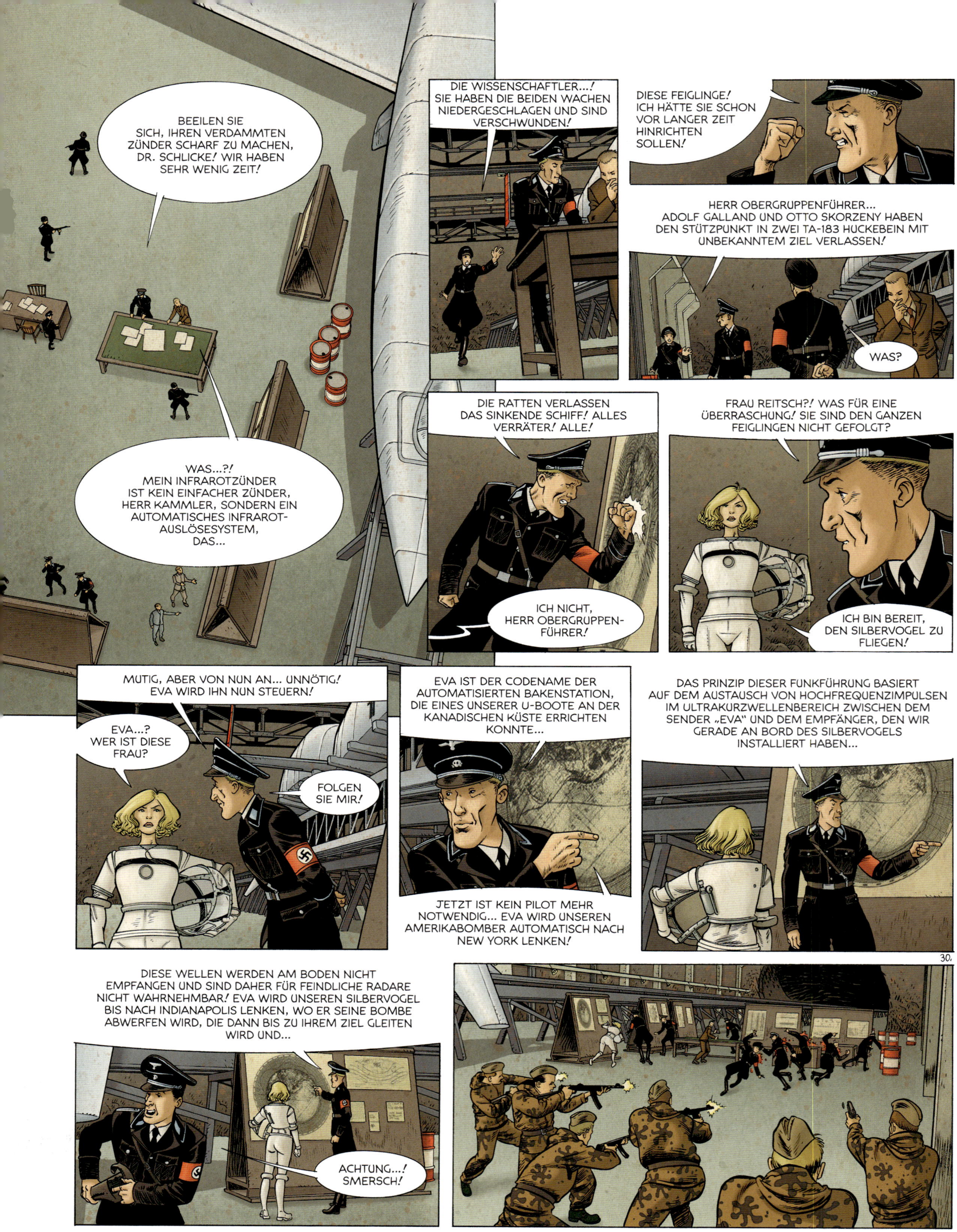

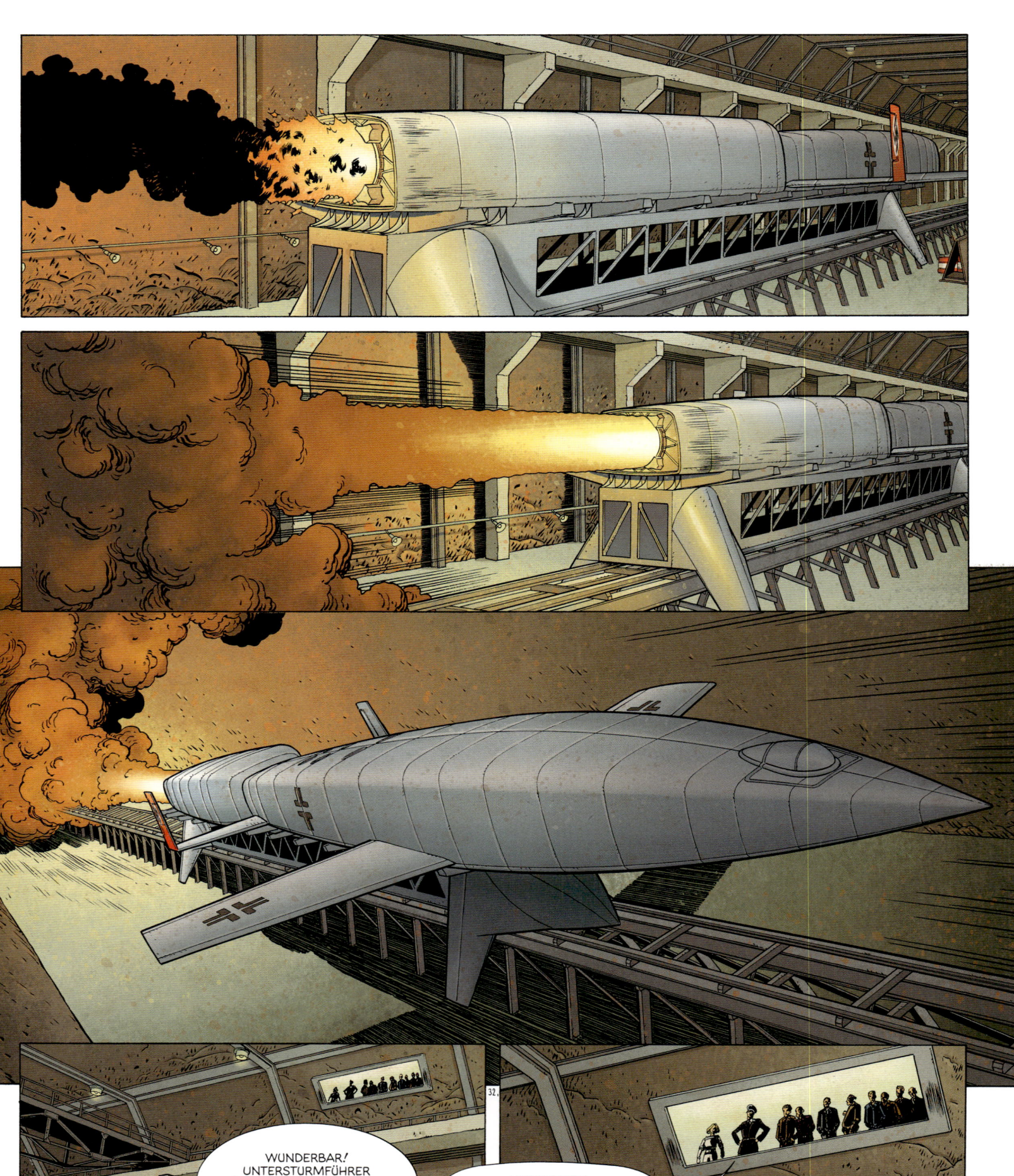

WHAT THE FUCK... WAS IST DAS FÜR EIN RIESIGES ZÄPFCHEN?
MEIN GOTT... HANNA!
NEIN! DAS IST UNMÖGLICH... DAS HAST DU NICHT GETAN?!
DIE POLNISCHEN WIDERSTANDSKÄMPFER TREFFEN UNS HIER GANZ IN DER NÄHE... KOMMEN SIE, WERNER?
ICH HABE NICHT DEN WUNSCH, MICH WIEDER MIT DEM OSS ZU VERBÜNDEN... ICH VERSUCHE MEIN GLÜCK LIEBER ALLEIN!

— WUNDERBAR! EVA FUNKTIONIERT PERFEKT...?!
— WAS? WARUM IST DER SILBERVOGEL PLÖTZLICH VOM BILDSCHIRM VERSCHWUNDEN?
— LEIDER ERLAUBT ES UNS DIE REICHWEITE UNSERER LETZTEN RADARANTENNE WÜRZBURG NICHT, DEN KURS BIS ZUM ZIEL ZU VERFOLGEN...
— SCHADE! ICH HÄTTE GERN GESEHEN, WIE ER AUF NEW YORK STÜRZT WIE DER REICHSADLER, DAS SYMBOL UNSERER PARTEI!
— DAS FEIERN WIR! HEIL HITLER!
— HEIL HITLER!

AAARH!

DER GERUCH VON BITTERMANDEL...! ZYANID!

TOT!

FRAU REITSCH! DAS WAR BESTIMMT DIESES KLEINES MISTSTÜCK!

HAHA! AUF WIEDERSEHEN, KAMMLER...! EINE AMPULLE ZYANID VOM FÜHRER PERSÖNLICH! KANN MAN SICH EIN SCHÖNERES ENDE FÜR EINEN ANHÄNGER MITTEN UNTER ANDEREN ANHÄNGERN WÜNSCHEN?

GUT! ICH HABE GENUG TREIBSTOFF, UM DEN MIT DOLFIE UND OTTO VEREINBARTEN TREFFPUNKT ZU ERREICHEN!

36.

39

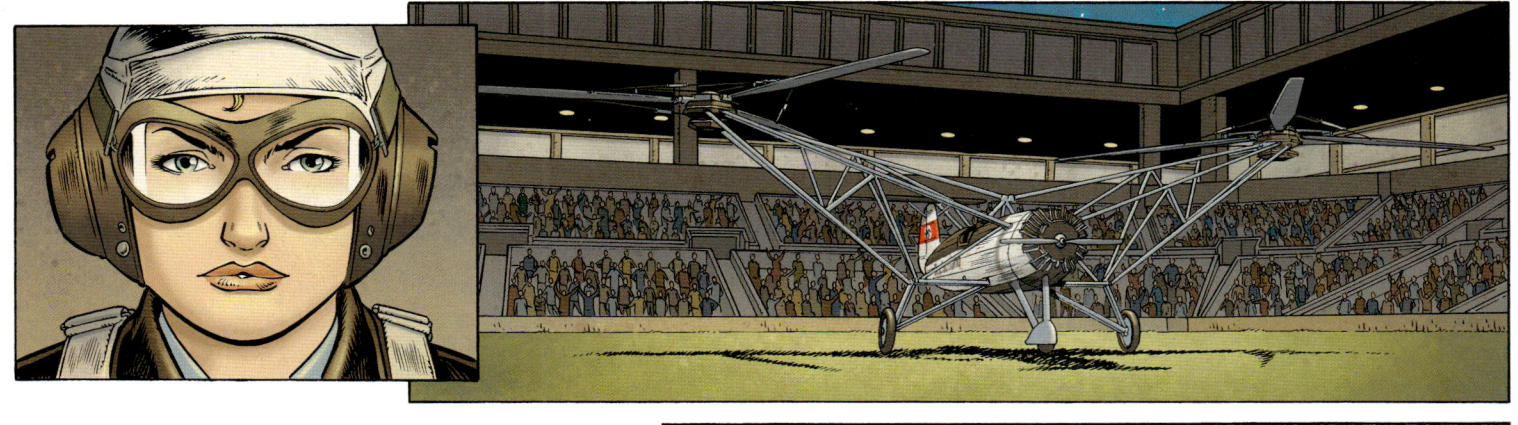

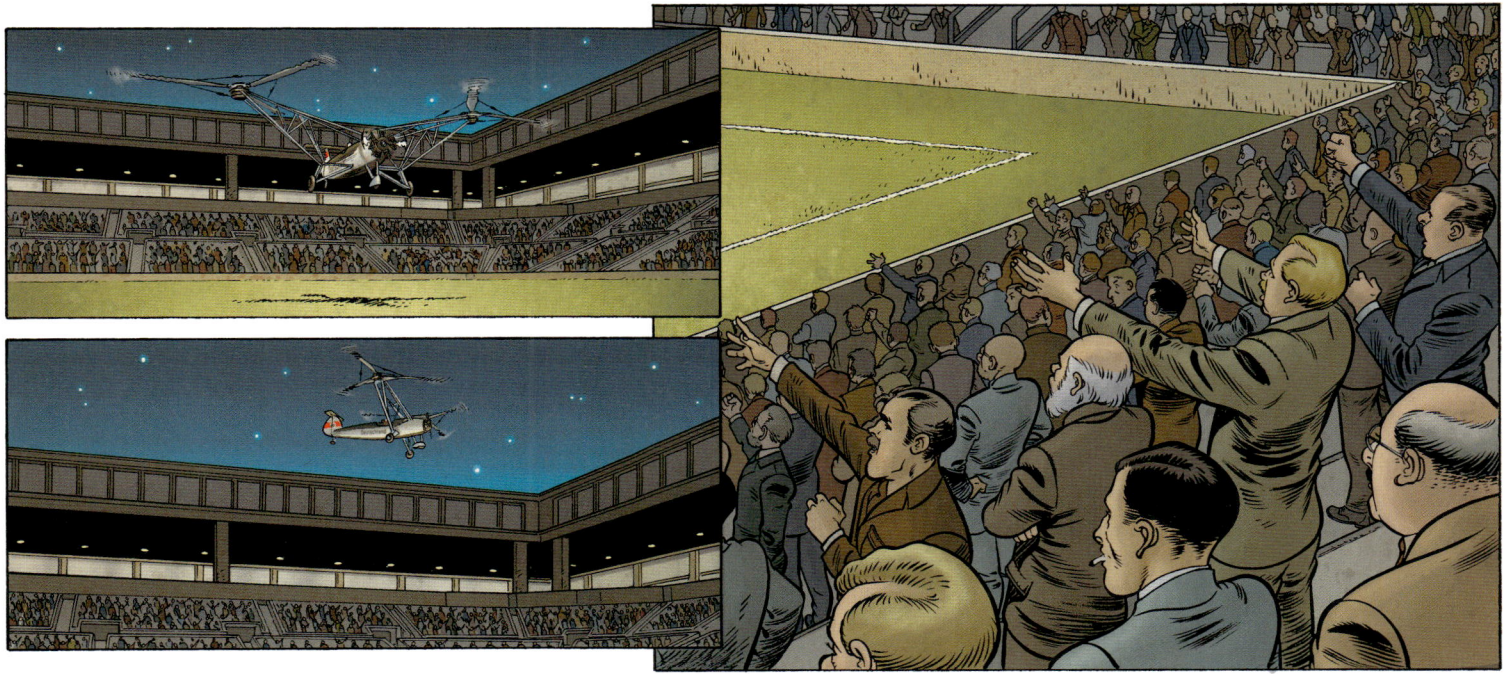

?!
MUSTANGS!
VERDAMMT...! DAS WIRD MICH LEHREN, NICHT MEHR VOR MICH HIN ZU TRÄUMEN!
SCHEISSE! DER TURBO-MOTOR WURDE GETROFFEN!
MEIN GOTT... DIE STEUERUNG REAGIERT NICHT MEHR!
38.

WAS HEISST HIER „UNAUFFINDBAR"? DIESER HAUFEN DUMMER, NICHTSNUTZIGER RAKETENFUMMLER IST MIR EGAL...! MICH INTERESSIERT VOR ALLEM DR. HEINZ SCHLICKE!
MAREK CELT UND SEINE POLACKEN BRINGEN EINE NEUE GRUPPE WISSENSCHAFTLER! VIELLEICHT IST ER DABEI.
HOFFEN WIR ES! DAMN... WAS FÜR EIN EKELHAFTER GESTANK!
LEIDER IST SCHLICKE IMMER NOCH NICHT UNTER DEN WISSENSCHAFTLERN... ABER WIR HABEN ERICH VON HOLST ERWISCHT!
HOLY SHIT...! WIE DIE STINKEN!
DER VON HOLST DER TRIEBFLÜGEL...? AUSGEZEICHNETER FANG!
MY GOODNESS! BRINGT SIE IN MEIN HAUPTQUARTIER UND LASST SIE DUSCHEN!
39.
UND DER DA?
DAS IST WAZKA, MEIN ASSISTENT! ICH VERBÜRGE MICH FÜR IHN WIE FÜR MICH SELBST!
KÜMMERN SIE SICH GUT UM DIESE BEIDEN...! ICH MÖCHTE VON HOLST UND DIESEN... WAZKA SELBER BEFRAGEN!

* DERBER FLUCH ** VATERSÖHNCHEN *** SOWJETISCHE POLITISCHE GEFANGENE

BERLIN, SEHR VIEL SPÄTER.

HALLO, VON HOLST! SIEHT AUS, ALS WOLLTEN SIE MICH SPRECHEN?!
DAS IST MEIN ASSISTENT WAZKA. ER ARBEITET SEIT BEGINN DES KRIEGES MIT MIR UND SEINE KOMPETENZEN IN...
KOMMEN WIR DIREKT ZUR SACHE, VON HOLST...! WAS HABEN SIE MIR SO WICHTIGES ZU SAGEN?
GUT! MACHEN WIR ES KURZ...
WAZKA! ZEIG WERNER BITTE DEINE HAND...
?! WORAUF WOLLEN SIE HINAUS, ERICH?
42.
JETZT SOLLTEST DU DEINEN TALISMAN HERAUSHOLEN, WAZKA.
DIESE UNSCHÖNE KOMÖDIE HAT LANGE GENUG GEDAUERT! LEBEN SIE WOHL, VON HOLST.
IMMER MIT DER RUHE, WERNER! VOR EIN PAAR TAGEN HATTE ICH EIN LANGES BEWERBUNGSGESPRÄCH MIT GENERAL DONOVAN. ER HAT MIR VON EINEM GEWISSEN MAX ERZÄHLT... MAX KURTZMAN, DEN SIE GUT KENNEN, UND...
SETZEN SIE SICH, WERNER...
AM BESTEN BEGINNE ICH AM ANFANG... IN SCHLESIEN VOR ETWA ZEHN JAHREN...

EIN WUNDERSCHÖNES EXEMPLAR EINER ROTÄUGIGEN NAJADE!
PAW!
HAB KEINE ANGST, HÜBSCHE KLEINE!
SCHON WIEDER DIE VERFLUCHTEN KINDER AUS DEM DORF!
PAW!
VERDAMMT... NUR WEGEN DIESER ROTZBENGEL!
DUMME KINDER UND IHRE KNALLKÖRPER! DIESMAL WERDEN SIE WAS ZU HÖREN BEKOMMEN!
DIE DETONATIONEN KAMEN VON DER STRASSE DORT DRÜBEN!
?!

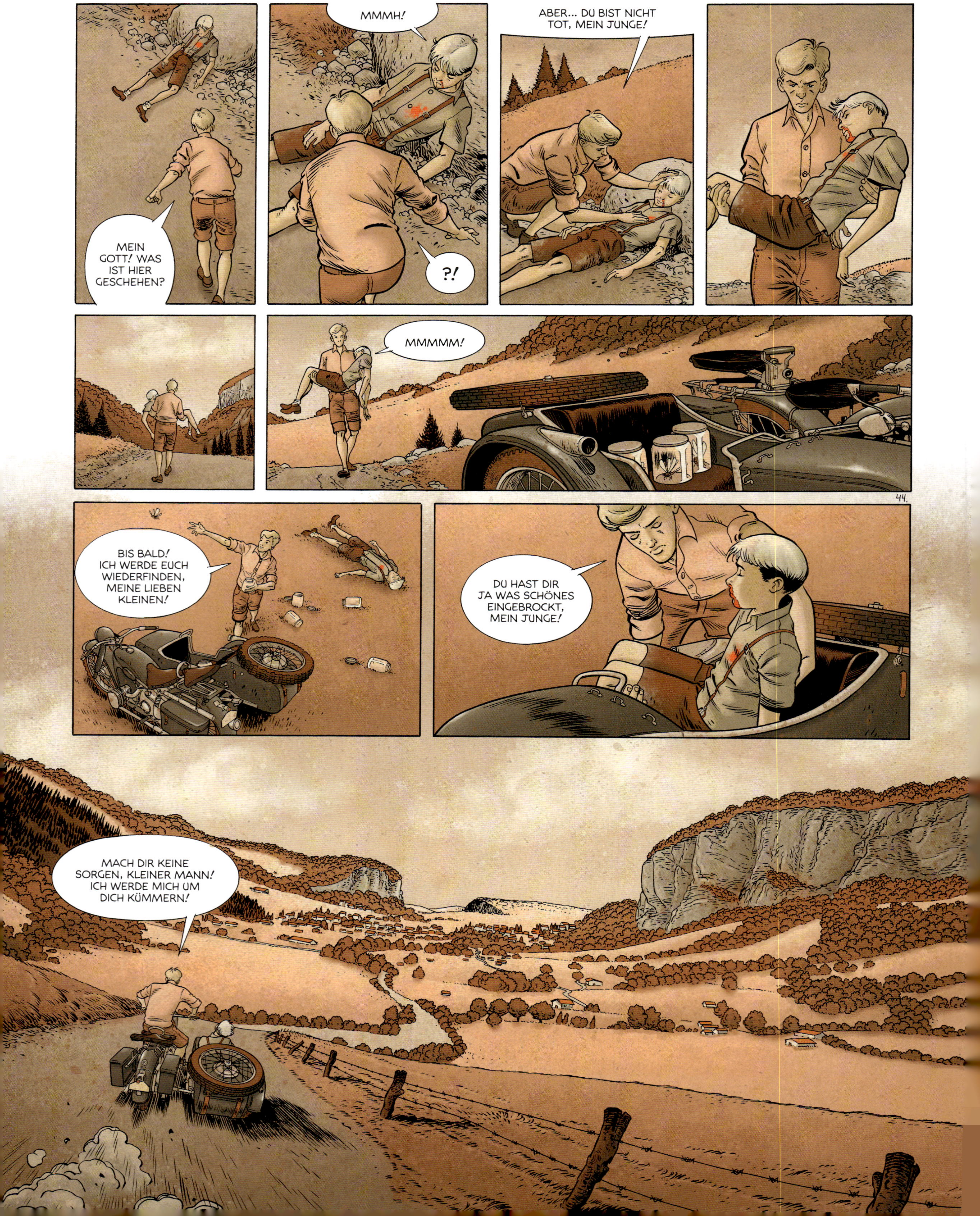

MEIN GOTT! WAS IST HIER GESCHEHEN?
MMMH!
?!
ABER... DU BIST NICHT TOT, MEIN JUNGE!
MMMMM!
44.
BIS BALD! ICH WERDE EUCH WIEDERFINDEN, MEINE LIEBEN KLEINEN!
DU HAST DIR JA WAS SCHÖNES EINGEBROCKT, MEIN JUNGE!
MACH DIR KEINE SORGEN, KLEINER MANN! ICH WERDE MICH UM DICH KÜMMERN!

KLAUS HABER, EINER MEINER BESTEN FREUNDE, WAR ARZT... ER HAT IHN UNAUFFÄLLIG BEHANDELT.

EIN PAAR WOCHEN SPÄTER IST ER SCHLIESSLICH DARAUS ERWACHT, LITT ABER UNTER RETROGRADER AMNESIE...

KOMMEN SIE ZUM PUNKT, VON HOLST!

DIE KUGEL HATTE KEIN LEBENSWICHTIGES ORGAN GETROFFEN! EIN WUNDER! ABER ER WAR IN EINE ART KOMA GEFALLEN...

KURZUM, ICH HABE IHN LIEBGEWONNEN UND WAZKA WURDE MEIN TREUER ASSISTENT... DER SICH ALS SEHR BEGABT HERAUSSTELLTE! MEIN TRIEBFLÜGEL VERDANKT IHM VIEL!

DA ER SICH NICHT MEHR AN SEINEN NAMEN ERINNERTE, TAUFTE ICH IHN WAZKA, DIE LIBELLE... HM! SPÄTER HAT DER POLNISCHE WIDERSTAND IHM FALSCHE PAPIERE BESCHAFFT, DIE ES ERMÖGLICHTEN, DIE SS ZU TÄUSCHEN...

WIE KOMMEN SIE AUF EINE VERBINDUNG ZWISCHEN IHM UND MIR, WENN DIESER... WAZKA... AN GEDÄCHTNISSCHWUND LEIDET?

DURCH SIE SELBST, WERNER!

WAZKA?

ODER VIELMEHR DURCH IHREN BÄRENZAHN, DEN ICH UNTER DER DUSCHE ENTDECKT HABE!

WÄHREND EINES UNSERER ENDLOSEN ENTNAZIFIZIERUNGSGESPRÄCHEN MACHTEN WAZKAS AMPUTIERTE FINGER GENERAL DONOVAN STUTZIG, UND ER WAR ES, DER DIE VERBINDUNG ZU IHNEN HERSTELLTE, WERNER...

WENN DU WIRKLICH MAX KURTZMAN BIST, GIBT ES EINE EINFACHE MÖGLICHKEIT, DAS ZU BESTÄTIGEN...!

DAS IST DOCH LÄCHERLICH!

DERSELBE WIE DER VON WAZKA. UND AUCH WEGEN DER FEHLENDEN FINGER VON IHNEN BEIDEN AN DER GLEICHEN HAND... DAS WAR SELTSAM!

HANNA...? WER IST HANNA?

HAHAHA! NATÜRLICH! DIE AMNESIE... WIE IN DEN SCHLECHTEN GROSCHENROMANEN! ICH WÄRE BEINAH DARAUF REINGEFALLEN!

IM ÜBRIGEN IST ES EINFACH ZU ÜBERPRÜFEN! ICH WETTE, DU HAST NICHT DIE KLEINSTE NAR...

WELCHER IST HANNAS LIEBLINGSROMAN?

?!
DAS IST NICHT MÖGLICH... MAX IST TOT... TOT!
WIE ICH SCHON SAGTE... IHR FREUND LEIDET AN RETROGRADER AMNESIE...
UND DAS BEDEUTET?!
DAS TRAUMA HAT SEIN EPISODISCHES GEDÄCHTNIS BEEINTRÄCHTIGT. ER HAT DIE ERINNERUNG AN VERGANGENE EREIGNISSE... ORTE, DATEN UND GEFÜHLE... VERLOREN...
GLÜCKLICHERWEISE IST SEIN SEMANTISCHES GEDÄCHTNIS, DAS FÜR KONZEPTE, SPRACHE UND KULTUR ZUSTÄNDIG IST, INTAKT. EBENSO WIE SEIN PROZEDURALES GEDÄCHTNIS, DAS DIE AUTOMATISMEN VERWALTET, UND...
DIE DREI MUSKETIERE!
DIE HÖHLE! DER SCHÄDEL DES BÄREN! UNSER SCHWUR! HANNA UND DIE SCHLANGE! DER DIBBUK...! ICH ERINNERE MICH...
ES IST... ALS WÜRDE EIN STROM VON ERINNERUNGEN AUS EINEM LANGEN, DUNKLEN TUNNEL HERAUSSTRÖMEN!
46.
SCHNAUZE, IHR DRECKIGEN NAZIS!
DIE VERGNÜGUNGSORTE SIND DEN SIEGERN VORBEHALTEN. WIR HABEN GENUG GETAN, UM DIESES PRIVILEG ZU VERDIENEN! RAUS HIER!

VERSCHWINDET VON HIER, IHR DRECKSÄCKE! BETTELT DRAUSSEN WEITER! RAUS!
GANZ RUHIG, GENTLEMEN... SIE WERDEN NICHT...
SHUT UP, BLOODY BASTARD!
SOLDATEN, STILLGESTANDEN!
VERSCHWINDET, IHR MISTKERLE, BEVOR ICH DIE MPS RUFE!
WAS FÜR EINE SCHÖNE ÜBERRASCHUNG, LEUTNANT WERNER KÖNIGSBERG!
...?! KURTZMAN! ICH SAGE IHNEN NOCH EINMAL, ICH BIN MAX KURTZMAN UND...
KURTZMAN, KÖNIGSBERG... SPIELT KEINE ROLLE...
... DENN ICH WERDE DIE BEIDEN ERSCHIESSEN MÜSSEN!
MICH ERSCHIESSEN? SCHON WIEDER...?! ABER...
ES SEI DENN, SIE HABEN DIE MISSION ERFÜLLT, DIE ICH IHNEN ANVERTRAUTE, UND HABEN FLUGKAPITÄN HANNA REITSCH GETÖTET.

WAS...?! WERNER... DU SOLLTEST HANNA TÖTEN...? ABER WARUM?

NICHT? IN DEM FALL WARTET DER ERSCHIESSUNGS-PFAHL AUF SIE!

ES SEI DENN...

?!

FASSEN WIR DIE AKTUELLE POLITISCHE SITUATION ZUSAMMEN... DIE NAZIS SIND BESIEGT. OK! WUNDERBAR!... GLORIA IM HÖCHSTEN HIMMEL! HALLELUJA UND DAS ALLES!

ABER ES GIBT KEINEN GRUND, SICH ETWAS VORZUMACHEN, KIDS. DER WELTWEITE KONFLIKT GEHT WEITER, IN ANDERER FORM, HEIMTÜCKISCHER, SUBTILER... UND NOCH GEFÄHRLICHER!

WIR BRAUCHEN AUSGEBILDETE AGENTEN FÜR ALLE ARTEN VON SPEZIALAUFGABEN... WISSENSCHAFTLER, WIE MAX, UND ERFAHRENE PILOTEN... WIE SIE, WERNER!

SIND SIE BEIDE DAMIT EINVERSTANDEN, SICH DER ORGANISATION ANZUSCHLIESSEN, DIE VON NUN AN DAS OSS ERSETZEN WIRD, UND IHRE HAUT ZU RISKIEREN? OHNE WENN UND ABER...?

ODER WOLLEN SIE LIEBER AUF DER STELLE HINGERICHTET WERDEN?

ABER... WAS FÜR EINE ORGANISATION?

DIE ABKÜRZUNG STEHT NOCH NICHT FEST... ES WIRD ETWAS SEIN WIE CIG, SIA ODER CIA.

SO WHAT? WIE ENTSCHEIDEN SIE SICH? MEINE ORGANISATION ODER... DER PFAHL?

ICH AKZEPTIERE!

GOOD! EIN SCHNELL GELÖSTES PROBLEM, SO WIE ICH ES LIEBE!

WIR TREFFEN UNS MORGEN FRÜH UM 8 UHR IN MEINEM BÜRO, UM DIE FORMALITÄTEN ZU ERLEDIGEN!

ICH BIN WIRKLICH GUT GELAUNT! DER SILBERVOGEL IST STALIN NICHT IN DIE HÄNDE GEFALLEN UND WIR WERDEN IHN FAST INTAKT BERGEN KÖNNEN... DIE KÜSTENWACHE KONNTE SEIN WRACK VOR DER KÜSTE DES BIG APPLE LOKALISIEREN!

ZUR KRÖNUNG KONNTE DAS NAZI-U-BOOT U-234 AUF SEINER FLUCHT NACH JAPAN IN LETZTER MINUTE GEKAPERT WERDEN. ES TRANSPORTIERTE 80 GOLDBESCHICHTETE ZYLINDER, DIE 560 KG ANGEREICHERTES URAN ENTHIELTEN! GENAU ZU DEM ZEITPUNKT, WO UNSER LAND ES DRINGEND BENÖTIGTE!

ABER VOR ALLEM BEFAND SICH DER GUTE DR. SCHLICKE SAMT EINER KISTE SEINER BERÜHMTEN INFRAROT-GADGETS, DIE ALS ATOMZÜNDER VERWENDET WERDEN, AN BORD!

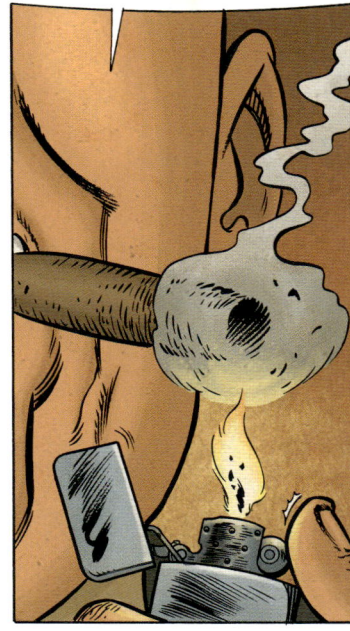

ALS ER DAVON ERFUHR, HAT DER STRENGE BOCK VON OPPENHEIMER, DER DIREKTOR UNSERES ATOMPROGRAMMS, LUFTSPRÜNGE GEMACHT! HIROHITO SOLLTE LANGSAM ANGST UND BANGE WERDEN!

KOMMEN SIE, VON HOLST, LASSEN WIR DIE JUNGEN LEUTE UNTER SICH! ICH WERDE SIE MEINEM FREUND GENERAL GROVES UND ALLEN WISSENSCHAFTLERN VON LOS ALAMOS VORSTELLEN!

ABER... WARUM HAT DER SILBERVOGEL SEIN ZIEL NICHT ERREICHT?

MILITÄRGEHEIMNIS! ALLES, WAS ICH VERRATEN KANN IST, DASS... WOTANS BISS ÄUSSERST GEFÄHRLICH IST...! HAHAHA!

ICH MUSS NUR NOCH DIE GENAUIGKEIT MEINER QUELLE ÜBERPRÜFEN... DIE TAUCHER DES OSS SIND BEREITS DABEI, DAS WRACK ZU UNTERSUCHEN.

ICH LASSE EUCH JERRY MIT DEM JEEP HIER. ER WARTET DRAUSSEN AUF EUCH... DIESER KOMISCHE VOGEL KENNT ALLE FREUDENHÄUSER BERLINS! AMÜSIERT EUCH! DAS OSS ZAHLT!

FUCK ME! FAST HÄTTE ICH ES VERGESSEN... ICH HABE EINE KLEINE ÜBERRASCHUNG FÜR EUCH. HINTEN DURCH, UNTER DEM GEMÄLDE DES KLEINEN MÄDCHENS MIT DEM TEDDY BEAR!

BETRACHTET DAS ALS EINE ART... ANSTELLUNGSPRÄMIE!

DU SOLLTEST HANNA TÖTEN...? WAS MEINTE ER DAMIT, WERNER?

DORT DRÜBEN, DAS MUSS DAS GEMÄLDE SEIN!

ABER?! DIESE FRAU! SIE SIEHT AUS WIE...

HANNA!

WERNER...! UND... MAX?

VIEL SPÄTER...

... MEIN FALLSCHIRM HAT SICH ZUM GLÜCK GEÖFFNET UND ICH KONNTE MICH BIS ZUR AMERIKANISCHEN ZONE DURCHSCHLAGEN, WO MICH EINE PATROUILLE DES OSS AUFGEGRIFFEN HAT...

GENERAL DONOVAN HAT MICH BEZÜGLICH DES SILBERVOGELS BEFRAGT, UND ER WAR ES AUCH, DER MICH DA RAUSGEHOLT HAT!

ICH BIN SPRACHLOS! WIE KONNTEST DU AUF SEITEN DER NAZIS KÄMPFEN? DAS IST UNMÖGLICH!

DAS KANNST DU NICHT VERSTEHEN, MAX!

HANNA... ICH MUSS DIR EINE FRAGE STELLEN... SIEH MIR IN DIE AUGEN.

ALS DU ZUGESTIMMT HAST, DIESE TEUFLISCHE MASCHINE ZU STEUERN, BEVOR KAMMLER DEN FLUG ABGEBROCHEN HAT...

?!

... SCHWÖR MIR, DASS DU DIE MASCHINE VON IHRER FLUGBAHN ABGELENKT UND NEW YORK VERSCHONT HÄTTEST!

HANNA! ICH BEFEHLE DIR, MIR ZU ANTWORTEN!

DU BEFIEHLST MIR...? DU BEFIEHLST MIR...?! MIT WELCHEM RECHT?

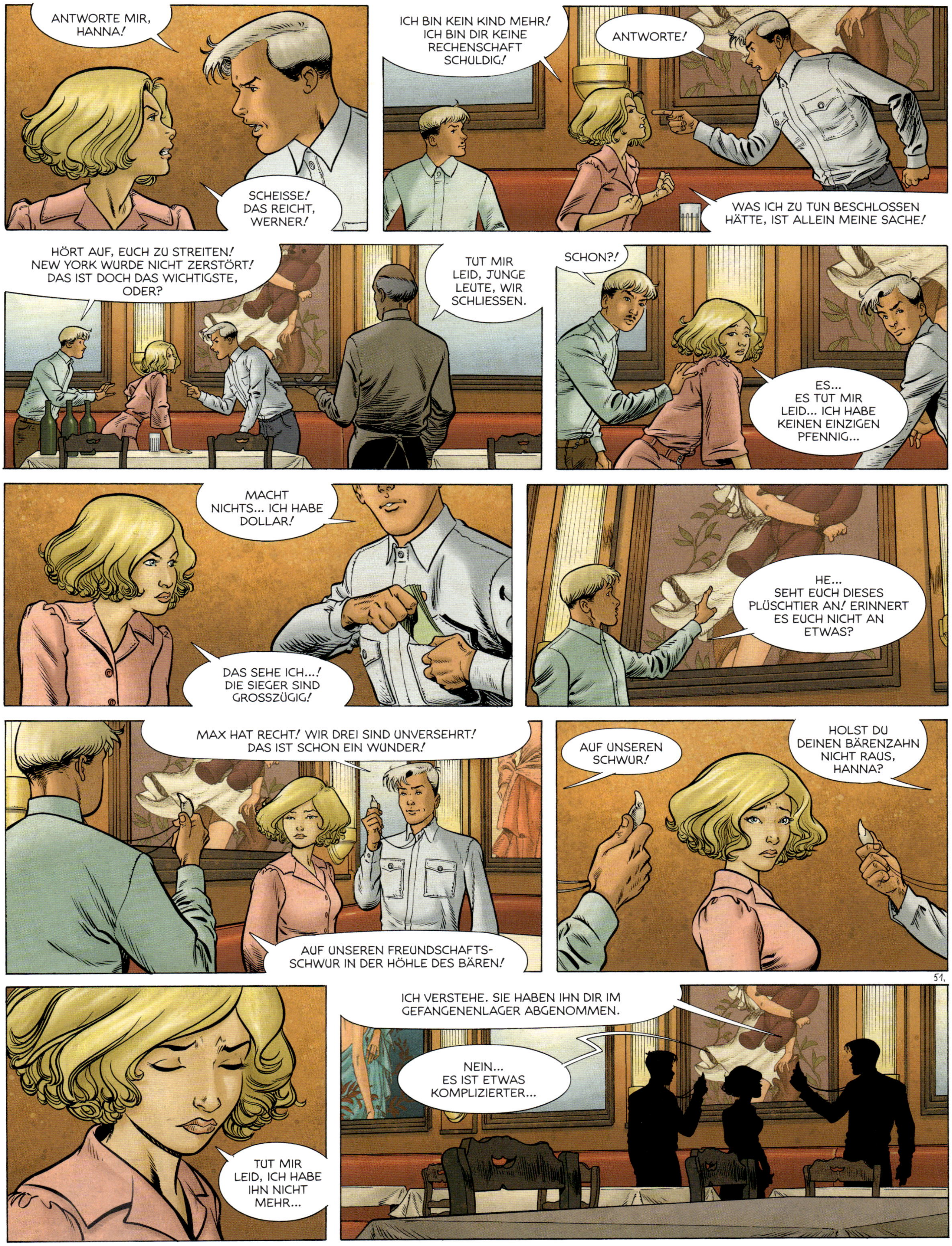
ANTWORTE MIR, HANNA!
SCHEISSE! DAS REICHT, WERNER!
ICH BIN KEIN KIND MEHR! ICH BIN DIR KEINE RECHENSCHAFT SCHULDIG!
ANTWORTE!
WAS ICH ZU TUN BESCHLOSSEN HÄTTE, IST ALLEIN MEINE SACHE!
HÖRT AUF, EUCH ZU STREITEN! NEW YORK WURDE NICHT ZERSTÖRT! DAS IST DOCH DAS WICHTIGSTE, ODER?
TUT MIR LEID, JUNGE LEUTE, WIR SCHLIESSEN.
SCHON?!
ES... ES TUT MIR LEID... ICH HABE KEINEN EINZIGEN PFENNIG...
MACHT NICHTS... ICH HABE DOLLAR!
DAS SEHE ICH...! DIE SIEGER SIND GROSSZÜGIG!
HE... SEHT EUCH DIESES PLÜSCHTIER AN! ERINNERT ES EUCH NICHT AN ETWAS?
MAX HAT RECHT! WIR DREI SIND UNVERSEHRT! DAS IST SCHON EIN WUNDER!
AUF UNSEREN FREUNDSCHAFTS-SCHWUR IN DER HÖHLE DES BÄREN!
AUF UNSEREN SCHWUR!
HOLST DU DEINEN BÄRENZAHN NICHT RAUS, HANNA?
51.
TUT MIR LEID, ICH HABE IHN NICHT MEHR...
ICH VERSTEHE. SIE HABEN IHN DIR IM GEFANGENENLAGER ABGENOMMEN.
NEIN... ES IST ETWAS KOMPLIZIERTER...

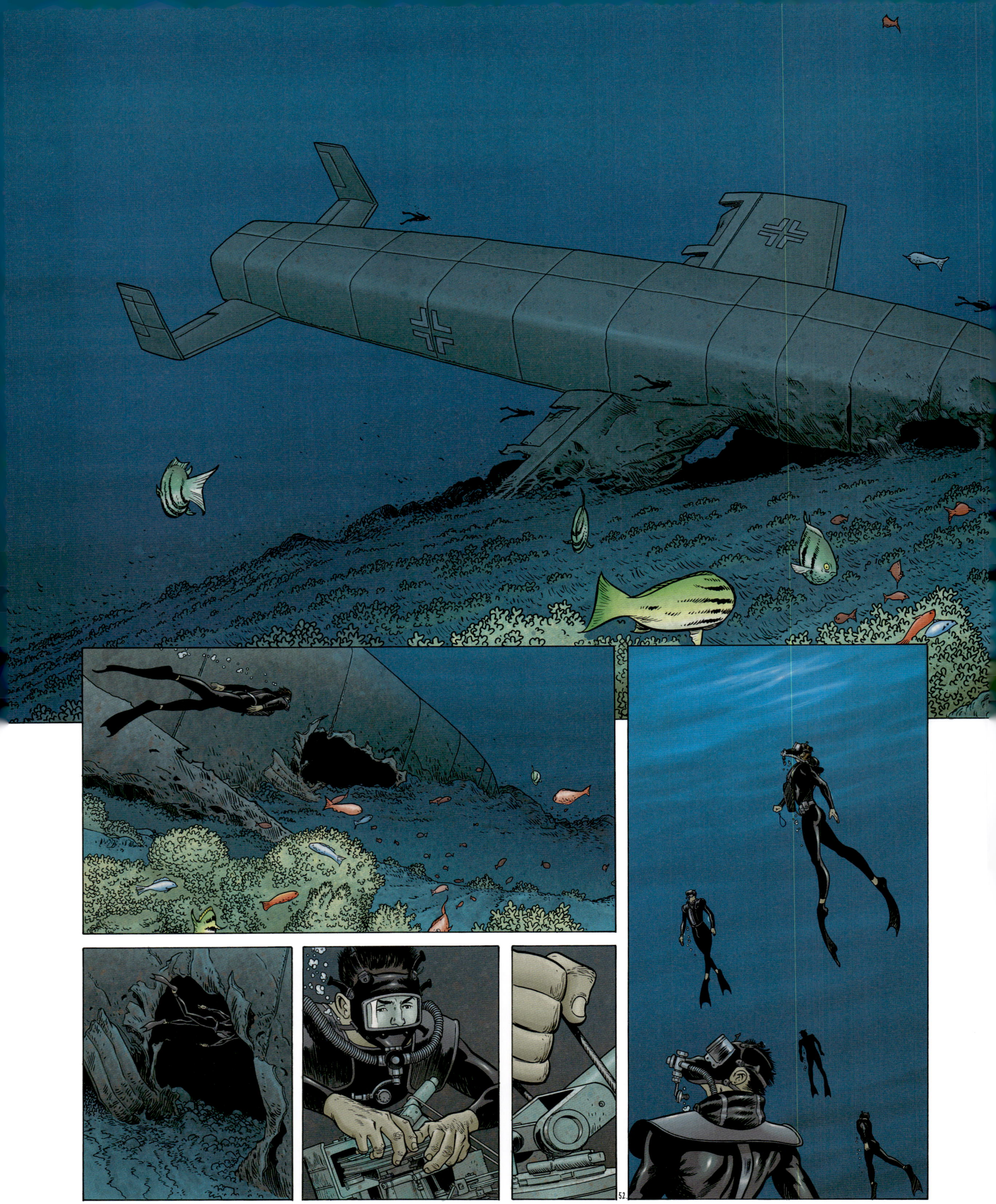

ICH HAB IHN!

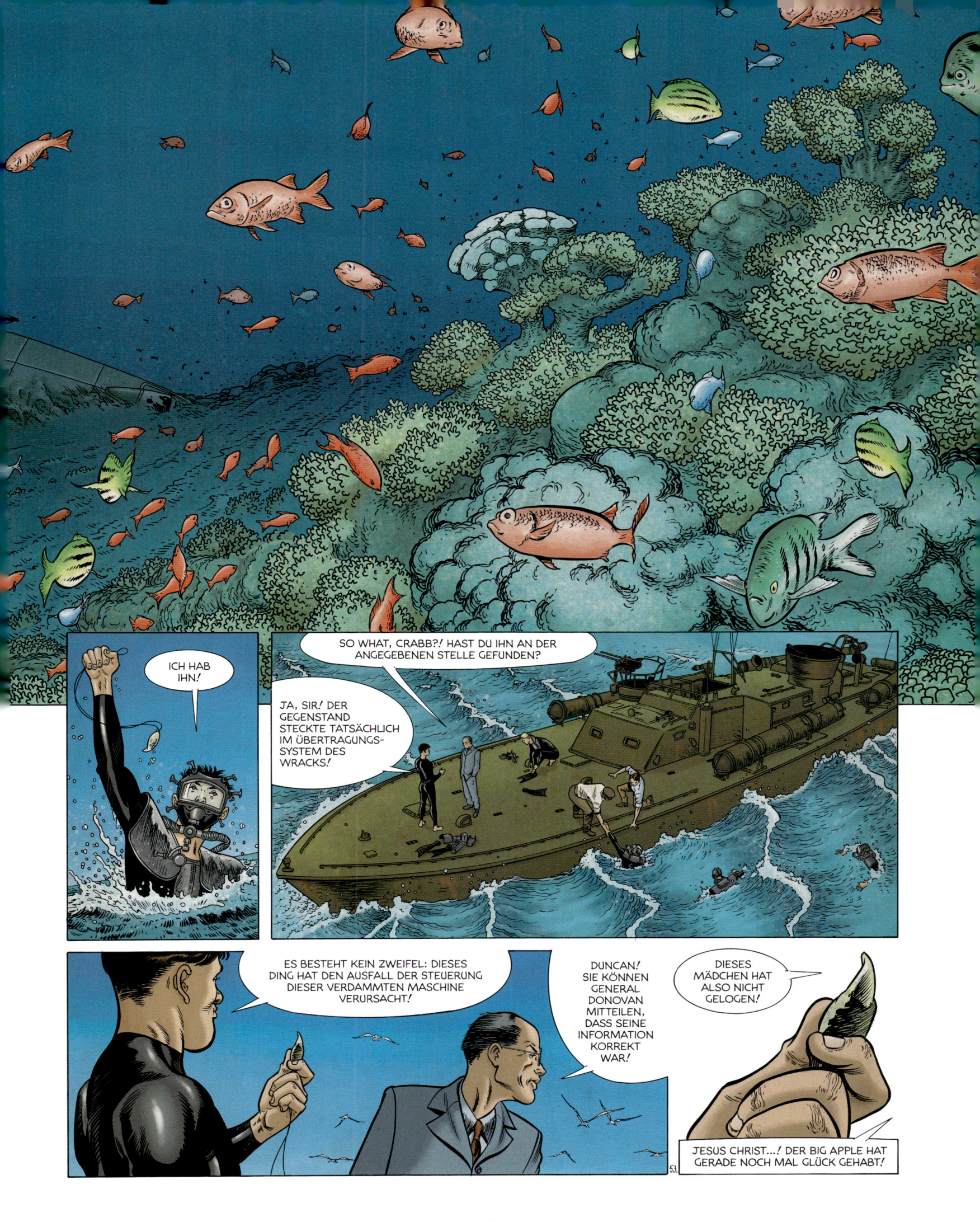

SO WHAT, CRABB?! HAST DU IHN AN DER ANGEGEBENEN STELLE GEFUNDEN?

JA, SIR! DER GEGENSTAND STECKTE TATSÄCHLICH IM ÜBERTRAGUNGSSYSTEM DES WRACKS!

ES BESTEHT KEIN ZWEIFEL: DIESES DING HAT DEN AUSFALL DER STEUERUNG DIESER VERDAMMTEN MASCHINE VERURSACHT!

DUNCAN! SIE KÖNNEN GENERAL DONOVAN MITTEILEN, DASS SEINE INFORMATION KORREKT WAR!

DIESES MÄDCHEN HAT ALSO NICHT GELOGEN!

JESUS CHRIST...! DER BIG APPLE HAT GERADE NOCH MAL GLÜCK GEHABT!

WIR SUCHEN UNS EINEN ANDEREN ORT ZUM FEIERN! DER ABEND FÄNGT GERADE ERST AN!
HEY, JERRY! WO KÖNNTE MAN SICH JETZT NOCH AMÜSIEREN?
SIR...! ES GIBT DAS „METROPOL", DAS „ADMIRAL", „TITANIA PALAST"... UND NATÜRLICH „DER BLAUE ENGEL"...
USA 2734070 S
FAHR UNS ZUM BLAUEN ENGEL!
MACHT OHNE MICH WEITER, ICH BIN MÜDE... ICH WERDE HEIMGEHEN!
SCHON? WILLST DU DIE TOUR NICHT MIT UNS FORTSETZEN? WIR HABEN NOCH DOLLAR ÜBRIG UND WIR DREI HABEN UNS NOCH SO VIEL ZU ERZÄHLEN!
TUT MIR LEID, WERNER... ICH LEGE ZUM BEISPIEL KEINEN BESONDEREN WERT DARAUF ZU ERFAHREN, WIE DU AKZEPTIEREN KONNTEST, MICH UMZUBRINGEN!
DAS IST KOMPLIZIERT...
NA LOS, HANNA! ENTSPANN DICH. DER KRIEG IST VORBEI... BLEIB BEI UNS!
NEIN! ICH MUSS BEI TAGESANBRUCH AUFSTEHEN. ICH SUCHE IMMER NOCH NACH ARBEIT... ES IST IM MOMENT SEHR SCHWER... FÜR DIE BESIEGTEN!
MAX UND ICH KÖNNEN DIR HELFEN...
NEIN DANKE...! ICH KOMME SCHON ZURECHT!
JERRY WIRD DICH NACH HAUSE BRINGEN!
ICH LAUFE LIEBER! FRISCHE LUFT WIRD MIR GUTTUN!
BIST DU SICHER?
JA!
PFF... SIE IST IMMER NOCH SO SCHLECHT GELAUNT!
URTEILE NICHT ZU HART ÜBER SIE, MAX... HANNA ERKENNT ENDLICH DIE FOLGEN DIESER HAARSTRÄUBENDEN ABSURDITÄT!
HOFFENTLICH HAST DU RECHT, WERNER!

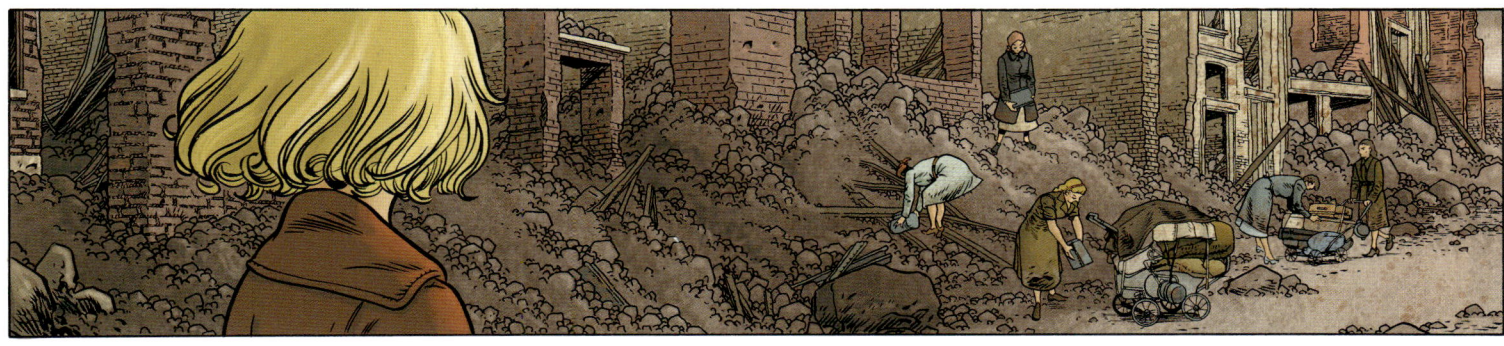

EINE MÜNZE FÜR EINEN STALINGRAD-VETERANEN, FRÄULEIN?

DAS GEHÖRT MIR!

COVER-GALERIE

Variantausgabe von *Dent d'Ours* Band 6
© Dupuis 2018

Covermotiv *Spirou*-Magazin Nr. 3903 vom 30. Januar 2013
© Dupuis 2013

HENRIFT A.